✦ 墨轲／著

如果风吹过

RUGUO
FENG
CHUIGUO

重庆出版集团
重庆出版社

图书在版编目(CIP)数据

如果风吹过 / 墨轲著. —重庆：重庆出版社，2024.5
ISBN 978-7-229-18718-7

Ⅰ.①如… Ⅱ.①墨… Ⅲ.①诗集－中国－当代 ②散文集－中国－当代 Ⅳ.①I217.2

中国国家版本馆CIP数据核字(2024)第098780号

如果风吹过
RUGUO FENG CHUIGUO
墨 轲 著

责任编辑：程凤娟
责任校对：杨 婧
装帧设计：梁 俭

重庆出版集团
重庆出版社 出版

重庆市南岸区南滨路162号1幢 邮政编码：400061 http://www.cqph.com
重庆出版社艺术设计有限公司制版
重庆市国丰印务有限责任公司印刷
重庆出版集团图书发行有限公司发行
全国新华书店经销

开本：787mm×1092mm 1/32 印张：7.75 字数：125千
2024年6月第1版 2024年6月第1次印刷
ISBN 978-7-229-18718-7
定价：49.00元

如有印装质量问题，请向本集团图书发行有限公司调换：023-61520678

版权所有　侵权必究

序 言

我自己也很难说清是从什么时候开始写诗的。自小到初中我都是青涩的，到了高中至大学略有开悟，到了参加工作以后开始人生艰难的历程。20世纪80年代，物质匮乏，生活窘迫，与同时代的人一样我也经受了许多的磨难。这些磨难给我的思想留下了深深的烙印。生活不是花前月下玩过家家，而是努力和竞争，这个浅显的道理，许多年后我才能够深刻地领悟到。

很难说清岁月在人心中留下的那一道道伤痕，是喜悦多还是惆怅多……这些慢慢成了抹不去的疤痕，难以愈合，又时刻折磨着我的内心，无人解愁，无人排忧。因为医生职业的关系，时时与患者的生死痛苦相交，面对生离死别常常感到无能为力，更多的是遗憾。不免想，人生经历这些到底是为了什么？

为了这个答案,我一次次外出游历,见过世界上太多的流浪,见过高山大海沙漠,也经历过危急危难时刻,体会到生命的脆弱和艰辛。生命的存在和延续充满着偶然性。如此之多的负荷,用音乐、绘画和文字来记录和描述最为合适。虽然经历的苦难众多,但我依然向往美的东西。

一次高铁旅行,对面坐着一位身材高挑的美女,虽然全程没有一句对话,但内心却激起了惊涛骇浪,有了对话的欲望,你从何处来?又去往哪里?加上刚刚看过《致我们终将逝去的青春》这部电影,我便写下了《致青春(组诗)》,致敬我们那稚嫩的青春岁月,致敬帮助过我们成长的师长同辈,也致敬曾经伤害过我们的人。诗歌的大门由此打开,我陆续写下了一首首留下自己痕迹的内心独白。每每独自翻阅这一首首表达自己内心的诗歌,仿佛都能听到一个美好的声音在召唤着我,它激励着我,感受美好,感受生活。

在此后的生活与工作中,我更加留意身边的人和事，万物都成了被观察的对象。我写下一首首诗歌赞美生活、鞭挞丑恶，由此一发不可收，积攒起来有了数百首。许多朋友表示喜欢和赞赏，那么就让它给大家带来一点启发，记录下我们的青春岁月和难以忘怀的日子吧。

墨剑（本名袁耿彪）

2023年9月27日

目录

第一章 青 春

致青春少女 /2

无 语 /5

横刀与红尘 /6

致青春(组诗) /8

青春情怀 /17

我们都曾年少 /19

如 果 /21

青春(组诗) /23

愿你归来依然是少女 /30

美 好 /32

时 光 /34

再一次分别 /36

高考流连 /39

归来依然是少年 /42

第二章 人 生

转 弯 /46

如果你恨我 /48

誓言永恒不变 /49

爱与不爱 /50

雨声和人生 /51

心　愿 / 52

岁月长河 / 54

这个世界太虚假 / 57

读　书 / 59

2019年新年 / 60

事事无处不在 / 64

如你所愿 / 65

生命与奔跑 / 68

岁月安好 / 71

生存还是毁灭 / 73

无畏的离舍 / 75

生和死 / 78

毁灭和永生 / 80

星空下的狗尾巴花 / 81

人生感叹 / 83

一张便笺 / 85

囚　徒 / 87

我愿是一滴水 / 89

一年一季花开时节 / 92

第三章　世　界

慕尼黑串烧嘻哈 / 96

远在他乡的我,老婆大人放心 / 101

欣　慰 / 102

恍　惚 / 103

月　圆 / 104

如果风一直吹 / 105

远　方 / 107

再忆北京 / 110

甘　泉 / 112

北方向北 / 115

流　浪 / 118

后海还是那个后海 / 120

跨越星河 / 123

远方有诗有梦也有风 / 126

第四章　生　活

生活小常识必备 / 130

沉　沦 / 132

周末又要到了 / 134

来不及 / 135

生活不过如此 / 138

原来如此 / 140

不要得意忘形 / 142

未　来 / 144

2018让我忘掉而又让我记起 / 147

新　春 / 149

中年男人与儿童节 / 150

教师节话教师 / 152

教师节的教师和少年学生 / 155

月亮和中秋节 / 157

吃螃蟹 / 159

幸福和你无关 / 161

流过的眼泪 / 163

真的没有什么好不好？ / 165

车水和马龙 / 168

什么是伤害？ / 170

教师话教师 / 173

鸡毛掸子 / 177

我真的有点儿烦 / 179

囚徒之2022 / 182

无奈的生活 / 184

第五章　热　爱

早安, 晚安 / 188

我想你了 / 190

轻拂我的心 /192
无　题 /194
平淡不平凡 /195
寻找逝去的灵魂 /197
分手和永别 /199
棋　盘 /201
冬之恋 /204
看风起云落 /206

第六章　奋　进

决战前夕 /210
鹰在飞翔 /212
黄河岸边忆黄河 /213
再忆少年梦 /215
请让我死得其所 /217
征战的武器 /223
祝你永远快乐幸福 /225
一切都从新人开始 /227
囚　徒 /230
如果风折断了翅膀 /233

第一章 青春

致青春少女

青春是什么，是朦胧还是清醒？是成熟还是幼稚？

其实都不是，青春是一段体验的历程。你把世界想得太复杂，它自然将复杂的一面展现给你，你把世界想得简单，它自然有简单的一面。

都说世界是一张洁白的画纸，任由自己泼墨挥毫自由驰骋，你可知道并非谁都有资格提起那画笔？

世界像个万花筒，对谁来讲，都是难以叩开答案的窗口。那些成年人，那些智商超高的人，那些指明世界走向的精英们，不一定真的了解这个世界，甚至可怜得连世界基本定律都混淆的人们，东南西北都错乱，因为人们早已迷失了前进的方向，丧失了判断事物的逻辑性。还好，你能坚韧不拔，你能坚持不懈，但是通往成功的路，不是只有一条，条条道路通罗马，它确实都通向罗马，但也取决于你所花费的时间和精力。

这个世界如此残酷，你应该忘掉所有梦想，想想世界的终极，想想世界面临崩溃的瞬间，想想人生面临的绝望。没有谁能决定他人的人生轨迹，就像你所怀疑的那样，这个世界往往不被你左右，也许到头来，所谓的拼搏梦想，可能不如人生的一盏浊酒。所以你的路很长，不用担心什么，前面是风，前面是雨，你只要经过它，彩虹并不是最好或最坏的归宿——风雨之后见彩虹都是骗人的——见过彩虹能够自由地选择和明智地转身才是智慧的选择。

所以你要义无反顾地抛弃一切，也许不知道自己的终极目标，其实没有关系，走着走着，幸福就在身边，快乐就在身边，理想就在身边。

这个世界是非常残忍的,无所谓强者和弱者,凡俗的世界难以和圣洁沟通,若以圣洁入世教化于众,世俗与神圣必然相通。

无 语

我若是英雄

看谁争锋

你说：当年横眉冷对你是英雄

你说：放眼世界你我皆是枭雄

我只说：且放，切记，英雄儿女情长

忆往昔：金戈铁马，气吞万里如虎

且回首：不忍千里，白发银纱风雪不归还

横刀与红尘

我曾横刀看往昔

英雄辈出谁争锋

少侠女杰江湖行

快意恩仇一念间

恶云风

断往昔

才知人少路难行

一曲唏嘘断肠泪

曲罢词断谁能解

罢罢罢

了了了

美酒可照自在心

我心观自身

自在红尘游

他日若是凡俗身

人人皆是红尘意

忆往昔

不回头

只争朝夕看新人

致青春（组诗）

那时候我们都很年轻

那时候我们都很年轻

那时，口袋里钱很少，头发很多

这时，口袋里钱不少，头发很少

那时，胡须很软，长得很慢，不扎人

这时，胡须很硬，长得很快，要扎人

那时，你也羞涩，我也羞涩，我们不懂爱情

这时，你也成熟，我也成熟，我们放弃爱情

那时，笑容很少，但很诱人

这时，笑容很多，但很迷惑人

那时，酒是水井，我是大海

这时，我是水井，酒是大海

那时，我很骄傲，放眼世界

这时，放眼世界，我很自卑

那时，我很狂妄，天地任我纵横

这时，我很谦虚，纵横只在心中

那时，胃口很大，身材纤细

这时，胃口很小，身材肥硕

那时，营养不良，八块腹肌

这时，营养过剩，一肚肥腩

那时，美女不多，皆是精品

这时，美女太多，皆有瑕疵

那时，夜短梦长，皆有向往

这时，夜长梦少，过往云烟

那时，有忧愁有烦恼有痛有苦有乐，借酒一壶可壮英雄志

这时，甜酸苦辣愁痛恼怒生老病死，生死一瞬叹阴阳相隔

那时，歌声皆为心声，一句一句，打动你和我

这时，心声皆化歌声，一曲一曲，漠然他和她

那时，满口纤纤絮语，看云起万千

这时，满口狂风暴雨，瞧细雨柔柔

那时，拳头飞舞，不知天高地厚，相视一笑泯恩仇

这时，语言刻薄，出口伤人，说的都不是人话

那时，伴着无数梦想而眠

这时，刷着抖音不能入睡

那时的那时……，仿佛都已是过往的记忆

这时的这时……，痛苦的路程才刚刚开始

大学饭菜票

年少，每月菜票20元，1元早餐，3元中餐，4元晚餐，你一勺我一筷，月月有余。

年盛，每天菜票20元，10元早餐，30元中餐，50元晚餐，你不够我不够，天天亏损。

年少，两个包子一碗稀饭，清澈无比，满嘴余香。

年盛，不是包子也是包子，混沌不堪，满嘴腻味。

大学男生寝室

年少,窗口是瞭望的眼睛,不经意之间,你在寻找我,我在寻找你。

年盛,眼睛是寻找的窗户,落花流水间,你我都已沉沦红尘,你救不了我,我救不了你。

年少,床铺灰尘漫天,"彩旗"飘飘,臭气熏天。这时,才知青春无敌。

年盛,床单洁白无比,香气缭绕,一身"臭气"。这时,才知人世丑陋。

大学教室

年少,讲台有白发先生,你挨我我挨你,一生没有坐到一起。这时,才知青春躁动爱已开始。

年盛,讲台换了你和我,台下已无你我,爱情已经相隔一方。这时,才知爱情关闭就在刹那间。

大学球场

年少,追逐每个球,玩耍之间,球是我们的梦想。

年盛,每人发个球,手掌之间,球是每个人的球。

年少,再苦再累,也要踢破鞋子,跑烂操场。这时,才知荷尔蒙分泌太多,唯恐影响了别人。

年盛,酒喝再多,也要坐上出租,跑烂全城。这时,不知荷尔蒙分泌太少,污染不了全球。

大学操场

年少,高声贝的破喇叭,一遍一遍,吹不醒一场春梦。

年盛,低音贝的滴滴滴,一次一次,都在半梦半醒间。

年少,看风起云落,听树叶声声,似在追忆峥嵘岁月,似水年华。

年盛,听风声鹤起,看夕阳西下,廉颇不老岁月无痕,满是沧桑。

读书笔记

年少，字里行间，有一份稚嫩，有一份纯真，一笔一划，记下你我点点滴滴。

年盛，无笔无字，那一份情感，那一份无奈，随风而过，丢失再也不可复制。

智

翻出旧照片，那时候的你，确实长得不咋样，两颊瘦削，脸色苍白，一看就是精神不佳，熬夜苦读的好学生。上你们家，主要觊觎那个小小的书架，摆放的书籍不少，除国内外名著外，还有当时最火爆的小说。认识了和蔼可亲的老父亲老母亲，最好吃的还是红粉肠。可亲的大哥，温柔可爱的姐姐，只是青春年少羞于出口。借本书，爱恋无比，舍不得还，想着书架上未看完的书，还是去了又来。顶楼的小间，就是空中的阁楼，那暖暖的光，恍惚映着我们的笑脸，只是这时想起，好像淡忘不少。半夜，楼道，总响起告别的声音，伴随着踢踢踏踏的脚步声。青春的情谊，可能就是那时结下的吧。

子 清

对幼时的你，印象不是很深。你家住的院子，是我大多小学同学家的区域，记得我有意无意，问这问那，你可能都未曾留意。经过那片区域，总想可能有些新奇，或者一缕眼神，或者一个背影，可惜没有遇到。可能，错过一个灯柱，错过一个转弯。偶然，听到一些熟悉的声音，看到一个陌生的身影、一张陌生的面孔。

我不喜欢那个小院，高低不平的石砖，灰色低矮的屋檐。但我喜欢它的味道，老父亲抽的旱烟，很冲很呛，现在想起，那股味道仍然浓烈。小院里有和我有同样兴趣的男生，现在回忆起，瘦瘦高高，眼睛很大，比我帅。每次见他，带副棋篓，19道纵横，361道沟沟壑壑，棋盘上黑白两色无间道，棋盘里风彻雷鸣藏杀机。

棋如人生

棋盘里的人生总是美好的，经过让子到猜先，从大盘被斩杀到胜负半目，再到输赢谈笑间，赢了帅哥，隐隐很自负。棋盘如人生，棋子如博弈。回家路上，夕阳很美好。那高低不平的石砖，也觉得有了气息。

高一的时候，迟到被老师罚站，你，我，耀文，站在教室后面，恰恰老师宣布物理成绩，排名次序，我第一，你第二，耀文第三……那时，只是窃笑。这时想来，应该放声大笑，我们来到这个世界上，就是要嘲讽世界。也就养成了现在叛逆的性格，你我相同，友谊由此开始，一生相伴。

幼 稚

智者教诲：学好数理化，走遍天下都不怕。

智者教诲：理想，主义，信仰，奉献，牺牲……

幼稚到成熟，用榔头先敲碎你个头，踩上九万九千九百九十九，你毁了我的信仰，我的坚持。

现实和你说的，完全不一样。

给我一个结实耐磨的背包，我要到处去流浪。

处处饥饿，满眼贫穷。

看看圣人的墓地，也不过消失 100 年。

青春情怀

今天遇见一位吉他歌手

吉他抑郁的和弦,犹如青春发霉的情怀

发酵的悲伤,一副青春万能的狗皮膏药

谁知我的和弦,等着她清澈的歌声

谁知我的拨动,弹奏着糟糟的梦想

沙哑悲凉的歌喉,是否懂得我对你的一往情深

以一生的赌注,追求完美的相生相伴不离不弃

琴声还在,人未央

旧人依旧,面已改

青春喧闹,C大调和弦,犹在耳边

我还是那个露着憨厚笑容的少年

琴声还在诉说着对你的爱

如果你有时间

坐下,请坐下吧

慢慢听这首岁月的老歌

我们都曾年少

你，我……

都曾年少

学校门口左走860米

右拐，再右拐

直行1240米

右边胡同左手第一个门洞

往后第四入口是你家

电轨车回返5站

穿过市场路过胡大妈的毛线店

左转直走200米是我家

日复一日年复一年

春夏秋冬日出日落

我们走过了2190天

看你短发又长发飘飘

看你羞涩又青春无敌

放过的风筝

遗忘在角落

踢过的花毽子

落满了灰尘

都说青春无敌

都说青春无限

其实

青春是看你越来越远

越来越远

如 果

如果你也年少

如果我也年少

那是最美的做梦画面

如果你在唱歌

我会随风摇曳

到处是你的歌声

如果你在跳舞

我会随风起舞

那有多美

那有多好

鸽子总是在蓝天白云下飞翔

人总是为美好而奋斗

窗外有风

有点冷

可是我和你一样

满满的都是快乐

你明白吗?

我的快乐

快乐

你看,快乐很简单

我想和你快乐

你愿意吗?

青春（组诗）

青春扬帆

记得很多年前,有一次路过车站月台,听到大学毕业生高唱《真心英雄》,瞬间融化。此次又到毕业季,也是新生收取录取通知书的时刻,再次致敬青春。

青春哭泣

睡梦中无数的幽梦

坠落在深渊里

黑暗中幽暗的骑士

仿佛追赶着黑潮

眼中无数的幻景

缤纷的花朵

飞舞旋转着凋落

深渊犹如

吸附的黑洞

通向彼岸深坠的隧道

花朵犹如

无形的渡船

等候着每一位绝望的渡客

把美好等同于美好

仿佛撒旦迷惑的谎言

把伤痕当成了伤痕

仿佛宙斯神殿的神像

我用深邃的眼神

目视着斑驳的光影

每一次与俗世喧嚣的接触

都让人支离破碎苦不堪言

是我拥抱这个世界

还是世界毁灭了我

青春是一把燃烧的火焰

有人点燃它

惧怕它又熄灭它

有人燃烧它

遮掩它又盖住它

我经过地狱，见过撒旦的模样

我经过天堂，见过世间的美好

我要把它燃烧成熊熊万丈的烈火

让它照亮我的前方

燃烧掉路上的小丑

让它始终伴着我

一生光明

跌倒时给我力量

颓废时给我希望

徘徊时给我方向

快乐时给我鼓掌

青春伴我成长

青春伴我度过困惑

我拥抱我的青春

伴我一生独立前行

致少女离家前的父亲

每一位少女考入大学前,父亲都要千叮咛万嘱咐,

收拾好行囊,默默等待告别的那一天……

清晨

清晨,天刚刚亮

微风细雨带着夜晚的雾气

灯光显得有些昏暗

身影犹如往常一样

只不过今天有点轻柔

昨晚,父女又聊了一会儿

明天，女儿要远行

是啊，女儿要远行

想说什么

又忘了什么

再叮嘱一声

明天出门，早点休息

普通的话语

犹如上学前的叮嘱

可背影的光芒

让我感到一丝难舍的目光

多想再拥抱你一次

再感受一次你的温暖

可是，你教过我

女儿，要坚强

出门不易，单身一人，照顾好自己

是啊，要坚强

我学会了控制自己的情绪

学会了忍住痛苦

学会了不掉眼泪

可是，你是我爸爸

你是我的爸爸啊！

今天的鸡蛋还得煎嫩一点儿

西红柿有营养，多放几个

面包烤得有点儿焦

抹点蜂蜜果酱

门口的行囊有点儿重

等会儿拎到车上吧

每个柔弱的女子

背后都有一个坚强温柔的男子

前世是你

今生只为你

一生一世都为你

就让清晨的光

照亮你

好了,起床了,该出发了

分别的日子总会来的

记住,别哭

好姑娘,永远不哭

愿你归来依然是少女

月亮挂在天上

照亮我的书桌

我一边读书

一边想着遇到的你

月亮藏到云里

仿佛我的心思

藏在云彩里

一边想着现在的你

月亮依然挂在天上

照亮一半我的脸

映着一半你的脸

一边想着以后的你

月亮

有圆有缺

我希望和你

看到圆,也是圆

看到缺,也是缺

那样,我们就可以在一起

看月亮,有圆有缺

美　好

美好就是美好

不管你怎么说

一起度过的美好时光

让人记忆永存

不管你怎么想

我都记得你最美好的一面

你的浅笑

你的落落大方

你的旖旎

你的舞姿

音乐响起来

让我请你

跳一场欢乐的新年华尔兹

换上你的新装

画成美丽的风景

让我们舞出来年的幸福

时 光

花开花落

我来了

扎着马尾辫

穿着百褶裙

看着高高的红墙绿瓦

数着校园里的帅哥美女

听着白发苍苍的教诲

校园的小路

刻着独行的足迹

深秋的白桦林

埋藏着我的哭泣

食堂的窗口

有着难以下咽的苦涩

我的光阴

一行行辛劳

一行行笑容

刻画我的人生

印证我的信念

时光流逝

不复返

光阴匆匆

不再来

就让时光里的我

流入岁月的长河

凝成一个铜像吧

再一次分别

今天酒没有喝到位,情感不饱满,但是错过了今天哪有明天?所以再次献给你和你的女儿。

再爱一次
如果让我再爱一次
我肯定把爱献给你
你今天沉默无言
我今天啰里啰嗦
家长里短酸甜咸淡
只是想让你再看我一眼

我戴上滑稽的帽子
只是让世人觉得我最幸福

所有人的目光

都可以忽略

我只是希望你能注视我一眼

今天有一瞬间

将成为一种遗憾

就像一首歌唱道：想爱你却留不住你

爸爸的遗憾：宝贝终要经历风雨

妈妈的遗憾：宝贝还是要留在家里

轻轨的声音传过来

终有告别的滋味

我多么希望成为一位乘客

随着时间从起点到终点

可是人生哪有终点

我的车票到点了

我要下车了

你还要往前走

至于你要去哪里到哪里

只有你自己知道

今夜星光灿烂

我看见满天的繁星

犹如你灿烂的笑容

我为你做了一桌菜

希望你年年都像天使般降临

带上你的欢乐

带上你的微笑

降临吧

我的天使

高考流连

在烦闷的六月夏季

渡过万劫不复的深渊

即使万觉不眠

即使红尘万劫

仍然躲不过高考的千刀万斩

埋葬了相思的年华

换不回飞翔的翅膀

自此

把一切自由的思想

都埋葬在高考的墓堆里

也曾长发飘飘

白裙轻幔

也曾棋子轻落

沟壑纵横

进了门

才知庙大庙小

和尚的钟

听起来

南辕北辙

都不是一个意思

高考,心中的咒

梦魇醒了

蛊就破了

天上的云儿

飘啊飘

空中的雨丝

落呀落

还是喜欢看

花花世界

和白衣飘飘的你

高考流连

想想六月做了什么？

只有疯癫发狂

难忘的青春

归来依然是少年

盐是咸的

挂在天上是叠叠层层的云朵

淌在地上是无尽无垠的白沙

感觉像是多年前

你的眼泪

含着淡淡的忧伤和悲哀

千年茶卡盐洗去我的风尘

可是忍不住心里流泪

茶卡盐，茶卡沙

它是你的泪

滴在花漫般的水镜

花起舞风在歌

它在问

美丽的姑娘

你要去哪里

你为什么在流泪

眼泪化成千年白沙

浮出水面

飘在云朵中

空气中弥漫着

你的气息

我愿躺在白沙中

抚平你的伤痛

陪你看白沙云朵

第二章 人生

转　弯

当设定了初始方向

我们约定一起出发

收起行装，背起背包

彩色梦想在远方

走过一个一个路口

看尽一片一片风景

下个路口，蓦然转身

却再也不见你的身影

大路一条一条通向远方

我们却忽视了一个转弯

是我不默契，还是你想走

总想路还很远,很多话还未说

风一直在吹,云一直在飘

为何雨声却不停

在下个转弯,我留下痕迹

但愿一切都能重现

如果你恨我

如果你恨我

请你举起刀

如果你爱我

请你放下恨

恨，一世冤仇

爱，一世快乐

恨是永恒的记忆

爱是不变的星座

记忆可以湮灭

星座却是永恒

誓言永恒不变

最快的节奏

也无法追逐你的身影

最美的语言

也不能表述你的存在

忘却自己

不知我是谁

忘却了你

才知遗忘了整个世界

曾梦想翱翔天际

也曾幻想穿越时空

天际如果翻转

时间如果倒流

希望第一眼看见的还是你

爱与不爱

如果你不爱我，也好，我们不会生死相恋，你走的时候，我不牵挂你。我走的时候，走得心安。

如果你要爱我，也好，平添一些苦恼忧愁，你想我的时候，我有些惆怅。我想你的时候，就若一杯白水寡淡。

节日快乐

若是欢乐，你也快乐，我也快乐，不需问候，你我心里明白。

若是悲伤，你也忧愁，我也忧愁，不需表白，你我息息相通。

今天节日，给我一份宁静，给你一个安宁，你也心安，我也心静，最好。

雨声和人生

大雨滂沱，儿时的我，开怀飞奔

细雨绵绵，少年的我，愁绪深锁

稀雨霏霏，青年的我，缠绵不舍

雨雾再起，耄耋的我，混沌不堪

大雨声声叹，又为如何？

如果再有一次大雨，能否在回家的路上，再次看见你跳跃的色彩？

如果再有一次小雨，能否让你欢快的笑声，敲响在石板路的雨声里？

丝丝雨声，串起无尽的思念

心　愿

2018年初始,最令人震惊的是泰国大城树抱佛。佛的身体被掩埋,佛面扭曲,一白一黑,一反一正,悲天悯人,正面的眼睛洞察世界的悲凉,流下一串泪珠,在阴暗处闭上了眼睛,封闭了阳光的通道。

在遗落的世界里看人间烟火……

愿我们能在自由的国度里

自由生活,放纵不羁

不被禁锢,不被控制,不受摆布

平等,公开,公正

让你我放弃争执

宽容,谦和,忍让

放弃虚伪，真我至纯

放弃权力，融入凡俗

每一个声音都汇成一条大河

奔腾不息，源远流长

阿尤塔雅，湮灭在废墟土堆中

湄公河，川流不息

几百年，佛首在树中祷告自我救赎

几百年，泪珠流淌湄公河

清澈的河水

是我数百年的眼泪

我将俗身禁锢地下

灵魂却穿越了时空

愿你在此感悟，祈求幸福平安

岁月长河

都说岁月弹指一挥间

你可知

弹指之间的岁月有多长

当你看到幼时的伙伴

年少的青春岁月

就在恍惚一刹那

酒越酿越沉

回忆越走越长

可亲爱的

你们都在哪里

你们现在都在哪里啊

我越来越颓废萎靡

世间无可更改,继续沉沦腐烂

我越来越诚惶诚恐

因为无人可代

黑夜越来越深

魔鬼在乱舞

尖锐的手指刺穿天空

这是他们的节日

这个世界原本有太阳也有月亮

而现在

仿佛是没有太阳的白昼

没有月亮的夜晚

如果没有月光

你我如何前行

如果没有白日

我们不知前行

吱耶吱耶吱耶

月亮慢慢升起来

吱耶吱耶吱耶

太阳也缓缓升上来

我感觉太阳的温暖

穿透了我的毛发我的身体

我看着它

感觉眼中虚幻出一片光明

这个世界太虚假

面对孤独

我独自抗争

面对虚伪

我无言流泪

我走过青春岁月

感知人生的意义

我走过崇山峻岭

感知世间的万物

为什么

你一定要让我感受虚伪

你一次次变换一副副虚假面孔

让我无法抵抗

我幻想能有勇士的铠甲

拥有凯撒的长矛

刺穿虚伪的面具

我幻想骑着天神的白马

冲破耸立的枪阵

热血喷洒懦夫的脸

如果蓝天还是蓝天

如果白云还是白云

黑夜还是黑夜,白昼还是白昼

你对我说

我爱你

不要再让我分辨这人世间的真诚和虚伪

读 书

人生哪有那么多的答案！

读书深处

看苦难如何渡过

锤炼内心深处

坚韧和强大

读尽人世间的悲痛和喜乐

穿透灵魂的贪婪和假象

人是人？鬼是鬼？

人是鬼？鬼是人？

一起抛去了吧！

2019年新年

世事轮换

搞不清的你

变换了马甲

一会儿登场一会儿下场

幻影幻灭

你是小丑

你是喜剧

你演的是你自己的戏

演的还是众生百态

重庆,雾笼相罩

一会儿是雾

一会儿是山

一会儿是雨

一会儿是风

我又不是神仙

怎么知道你想干什么

美酒需要陈酿

美人需要呵护

纯净的音乐具有无比的穿透力

犹如冬天里的暖阳

饥饿时的面包

又像灵魂里的力量

失恋时的幻想

黑夜永存

每个人心中都有黑暗

每个人都向往光明

只有你明白

可惜我不是你

你也不是我

你说我最懂你

可是我也只是敷衍你

我不懂你心中

升起的黎明

夕阳落下的悲哀

我不懂你!

这是不是一种悲哀

小提琴的跳弓和弦

拉出我心中无限的悲伤

从6到3的慢板

从6到1的快板

谁又能拒绝岁月静好

新年之夜

我不能说,你好我好

还是希望新年快乐

事事无处不在

国事家事科事天下事

尽在一思一念

酸甜苦辣咸

尽在一刀一铲

喜怒哀乐愁

尽在一杯一盅

人生漫漫长夜路

尽在一步一岁

干杯吧，朋友们

如你所愿

每一次正负电子的碰撞

会产生新的光子

世界莫过于此

生命也莫过于此

每一次陨石坠落

都会产生新的光芒

每一次新生和死亡

都是相遇和离别

也许遥遥无期

也许瞬间即至

也许美丽绽放

也许凋落消失

每一次生离死别

都是为了下一次的相会

我和你有了一次相遇相会

犹如在浩瀚无垠的宇宙

你的星球

来到我的星球

你的星星在我的空间闪烁

留下了绚丽色彩

点燃了你照亮了我

从此，我的星球是你永远的庇护所

星球犹如飞逝的萤火虫

那么亮那么美

总有一天

星球会坠落

会寻找它的星球

就像你的星球寻找我的星球

一起寻找并照亮对方

如你所愿祝你一生

美好

做一颗明亮的星星

生命与奔跑

跑,跑,跑

人生从来都是跑

前有人跑,后有人追

你跑,我跑,一起跑

10米,20米,100米……

人生慢慢显出她的色彩

身旁的人

跑着跑着,不知所踪

跑丢了你,跑丢了我

只有忍住疲惫

忍住,每一次不放弃

相信我们最终会相遇

每一次跑过身边的人

留下了簌簌的风声

众多的人带着喧嚣

纷纭而来，呼啸而去

有些人陪你一程

有些人弃你而去

终究只有你

跑，跑，跑

跑过人群

跑过荒无人烟之地

跑过高山

跑过云朵飘飘之顶

跑过大海

跑过盐水尽头之深

在路上

我见过喜欢的人

我见过讨厌的人

我也会小栖

我也会停留

但仍会跑

跑,跑,跑

生命的终点就在远方

笑到最后

才是奔跑的人生

岁月安好

一亭，一阁

坐看云飞云散

一山，一谷

侧听雨声风声

一酒，一茶

尝尽前世后事

一呼，一吸

思痛悲喜哀乐

一粥，一汤

品尽百味咸淡

一车，一舟

游行山高水长

人生不过如此!

生存还是毁灭

当面临死亡的时候

希望你直面苦难

不后退

不低头

当面临生存的时候

不乞求

不畏缩

当面临选择的时候

希望你勇往直前

永远与光明同在

当面临敌人的时候

请拿起刀来

杀出血路

文人的尺

武人的刀

刀藏锋于内

如不义

自争鸣

盗亦盗

侠亦侠

一生只为天地立心

无畏的离舍

废弃你的真爱

你做不到

放弃你的梦想

你做不到

人生有没有一种谈判

你也好

我也好

其实你

也是空中的浮云

风吹云散,花开花谢

滴落人家

我想展开跨世的故事

里面有你

也有我

云起高台

沉浮缥缈

谁主沉浮

得往果腹

恨不能一身臭皮囊

吃也吃

玩也玩

耍也耍

最终还是臭皮囊

我欲乘风破浪

踏遍万水千山

看到你

最好

生和死

你有没有想过你会死

我想

你从来没有想过

年轻,美貌

死亡怎么会如此临近

死亡

其实是我们的伙伴

有生

就有死

有时候

人想着生

便失去死的勇气

有时候

人想着死

便不知活着的意义

人生没有二次涌流

你和我

都没有死的概念

如果死

能永恒

能实现愿望

我愿许一个愿

毁灭和永生

简单的一跳

好似扑向深邃大海

没有氧气

没有阳光

只有下沉和黑暗

抬起头

看见一片亮光

气泡不断沸腾翻滚

双腿化为美人鱼尾

快乐的尾巴

不断摆动

划向更深的海

星空下的狗尾巴花

谁在遥远的星空

等候那荧光闪烁

微弱的光芒

闪闪烁烁

在漆黑的夜晚

看见一明一暗

冉冉升起

似隐似现

湖面的水纹

一波一波

真想是一条鱼

在水下追逐星光

与之起舞

光芒透过水面

穿透虚无的灵魂

凝重的远山

在星光下

像一团漆黑的沼泽

承托无尽的思念

深陷悲伤

远山,星光和我

还有狗尾巴花

人生感叹

人生匆匆

谁知白雪如花

人群一瞥

已走半生

画一笔再一笔

也难画出记忆中

从前的你

以前的画面

百褶裙红皮鞋

头上扎着花蝴蝶

如今白雪皑皑上枝头

人生是个谜

看到了现在

猜不透未来

如果人生猜不透

可以下潜入海

如果彩虹不能渡

可以插翼飞翔

即使到不了远方的彼岸

也有理想不能阻隔

我想飞得更高更远

看看彩虹之上

垂挂的星河

绚丽的流星

一张便笺

一首断断续续的歌

没有头也没有尾

谱了曲

却不知会不会有人填词

一首歌

没有人能从头唱到尾

能说分手才是你对我的爱

看看夜晚的灯光和灯下的人

欲言又止

酒虽苦,喝了也是苦

苦了也就哭了

再来一杯酒

月也黯淡

路也漆黑

走不了

就不走了

哪有什么条条大路通罗马

再喝一杯吧

自我存在

也是一种

蔑视一切的资本

我为什么不能骄傲?

骄傲地活着

是对世界的一种蔑视

丑陋的世界

不为过

囚　徒

想来想去,难以成行。毕竟这世上的人和想法都不太一样。2020年过去,2021年怎么样?难以预知难以预见,看着窗外的景色,犹如浩瀚星空中观看星球的囚徒。

走出去了吗?

不知道

风中颤抖着你的气息

串起你的气息若隐若现地流动

走在外面

看着飞转的光影

犹如被丝线穿梭的木偶

美轮美奂，流光溢彩

木偶们互相编织着

琉璃样的玻璃房

幸福的终点

闪闪亮亮的流影

多么美丽，多么吸引人

能够制造流影的

都是天才

困住幸福木偶

也就困住了天才

想象能够飞翔

还是一副酒肉肚肠

困住流影中的囚徒

何时才能破镜走出

寄语2021破镜超越

我愿是一滴水

一滴水

没有什么了不起

也就是 1.67×10^{21} 个水分子

相当于 50mg

解不了渴,止不了饿

更救不了命

沙漠里的一滴水

也就是望梅止渴

大海由若干水滴组成

那更是骗人

你想想

多少个分子多少水滴

才能形成大海

从水滴形成大海

地球有多大

大海有多深

但是的但是

一滴水

能够穿过你的眼膜

望穿你的内心深处

穿过血脑屏障的

一道光

换算成质量

大约-30g的水平

如果我能是一滴水

就让它渗透屏障

穿越你的脑膜细胞

与你的神经核交融

如果我能是一道光

就激发你的神经核团

让你的思想像癫痫一样

抽搐战栗

让你麻痹一次又一次

浴火重生，脱胎换骨的蜕变

哪有什么凤凰展翅

一鸣飞天

让深海恐惧症再来一次

我一定能破茧而出

唱出元宇宙的声响

一年一季花开时节

又是一年花开

五月醺醺微风

飘来云吹来雨

三年一个轮回

以为,只是初见

谁知,才是告别

分分即逢逢

离离即合合

既知有离离

必然有合合

没有结束

在走过的路上

印上自己的烙痕

犹如留在心里的疤

转头回顾

才能看见自己走过的路

祝你越走越远

留下一串串痕迹

第三章 世界

慕尼黑串烧嘻哈

我在慕尼黑的夏天,像秋天的落阳

你在重庆的夏天,像酷暑的知了

每年一季重庆的夏天

嘿嘿哈哈嘿嘿哈哈嘿嘿哈哈哈哈哈

仿佛人在太阳黑洞里穿行

燃烧了我的灵魂

一切都那么的赤裸裸耶赤裸裸耶

每年一季慕尼黑的夏天

嘿嘿哈哈嘿嘿哈哈嘿嘿哈哈哈哈哈

出门穿着棉衣戴着帽子

屋外下着冬雨刮着冷风

一切都那么的冷飕飕冷飕飕

温度计没个点数，竖起倒起愣个是瓜娃子么

一脚踩下起仙人板板么愣是到了唐家沱沱

早上来碗辣椒花椒眼镜哥哥面

晚上扎起马步耍起火锅伴着啤酒妹子

二麻二麻再回家，堂客打起人来不得了，一锤夯到朝天门

起来一看又下雨，别管上班不上班

穿起棉袄戴起帽

撑着雨伞套上鞋套去上班

早上牛奶面包咖啡外加鸡蛋和香肠

没到门口又晕倒

刚出太阳一瞬间

齐齐相聚英国花园

铺着毯子就撒欢

脱了裤子就跳河

甭管河水有多深有多浅

先喝一口顺顺肠

晚上再去酒吧乐一乐

笑一笑,乐一乐

甭管地球冷和热

谁让咱就在大重庆

赶明儿咱就上黑洞

后天再去慕尼黑

听说那里香肠肘子很巴适

啤酒更是我最爱

满街都是靓美眉

笑一笑,乐一乐

甭管地球冷和热

谁让咱就在慕尼黑

赶明儿咱就上月球

后天再去大重庆

听说那里美女好酒量

辣香肠辣小面谁让咱就缺阳光

笑一笑，乐一乐

甭管地球冷和热

谁让咱就在大重庆

赶明儿咱就上黑洞

后天再去慕尼黑

听说那里香肠肘子很巴适

啤酒更是我最爱

满街都是靓美眉

笑一笑，乐一乐

甭管地球冷和热

谁让咱就在慕尼黑

赶明儿咱就上月球

后天再去大重庆

听说那里美女好酒量

辣香肠，辣小面

谁让咱就缺阳光

远在他乡的我，老婆大人放心

远在他乡的我，已经独立生活了一个月，现在不会迷路了，也能基本听懂德语地名了，能听懂钱数了，知道怎么买票了，也知道德式英语了，还知道周围游泳馆和绿地公园了。今天吃到我第一次做的饺子，德国小麦粉肉馅加大葱、酱油、大蒜，中国正宗山西醋、老干妈、山东香油，热气腾腾的白菜馅饺子。
我一切安好，老婆放心；亲人们放心，我一切安好。
想我了，就赶快来。
想家了，归期就到。

欣 慰

一蝉眠西北

春夏无蛰出

日日观其形

月月无其变

一声春雷鸣

华彩显人间

低头告家父

不眠静夜思

恍　惚

灯光迷离，若隐若现

恍惚之间，不知你在哪里

放下心怀，彷徨左右

一杯冷酒，难释我的情怀

今夜漫天星光，今夜漫天星辰

星辰是划过天空的一闪记忆

记忆是心底酝酿的一滴陈酒

月　圆

都说千里共婵娟,我说总有离别时。

若知有离别,你我共珍惜。

相聚时幸福,时光总短暂。

缠绵时快乐,总觉时间短。

离别分手时,低头泪涌别。

我若幸福,就请你来找我。

我若痛苦,就请你离开我。

如果风一直吹

如果风一直吹

它会绕过好望角

把你的温暖带到我的身旁

如果云一直飘

它会穿过喜马拉雅

把你的情思拂过我的心头

我这边烟雨蒙蒙

你那边艳阳高照

我曾看到一条喜悦的羊肠小道

以为走下去风光无限

可谁知,谁知

走着走着

醒来,睡着

只见夕阳,不见落日

灯光一闪一闪

不知是你,还是她

一遍遍的声音

总以为在异国他乡

身边的人总是变来变去

不知是你,还是她

我干了这杯酒

无奈还是看不清

也许这个世界就是这样

你错过我

我错过你

我们都曾错过

远 方

关于远方

我想对你说的是

远方太远

远方又太近

我想对你说的是

远方　远方

孤独地远行

远方　远方

终其孤独一生

远方的路

没有人随行

只有孤独前行

远方的路

是没有人的陪伴

只有你自己

如果你决定远行

抛弃所有幻想

扛起背包

独自面对

面对真实

面对孤独

面对寂寞

面对凄凉的自己

远行没有朋友

是一个人的修行

远行不需要朋友

是寂寥的体验

人的远行

是孤独的行走

如人生一样

越走越远

越走越少

只有独行的自己

再忆北京

夜游北京城,曾经见识过北京的美丽,再见时仿佛恍惚一现。

那时候,北京只有四环,要去亚运村游泳馆得骑车40分钟,从知春路到北辰路。游泳馆分深水区和浅水区,半拉不熟的都到外面和丫头片子一起练憋气。出来吃串烤羊肉就啤酒,那叫一个舒坦。

十里长街,灯红酒绿

那是北京

故宫后面连着景山和美术馆

穿过南锣鼓巷胡同

旁边就是雍和什刹海

连着那雕塑的圣人像

还有那北一院破旧的大杂院

砌一面红色的烂泥巴墙

一路朝北无数的酒吧

震耳的摇滚和神出鬼没的妖怪精

旁边就是北影

朝圣的学堂

寂寥的未名湖

燕园渺望白发苍苍的老教授

静园里长发飘飘的美少女

探过墙头望荷塘

夜深人静听昆湖

悠悠风吹过，柳叶梢梢

湖水澜澜，悄语声消

再忆北京

北京还是那个北京

只是不见了那个少年郎

甘 泉

喜欢成都,喜欢她的安宁和平和,整洁的地面,劳碌的人们,丰富的物产……城市的烟火气处处显出这座城市的厚重。

我爱成都

清晨的片片薄雾

似少女丝绸般的脸颊

悄悄地滑过

青石板的老街

沁入每个人的心中

似雨丝沥沥

缠绕着你的衣服

潮湿着那个人的心

我看成都

开着公交的司机

悄然无声地载你一山一水

看遍角落里的那一抹温柔绿色

我看成都

装载机下挥汗如雨的修理工

填补着城市的空缺

我看成都

菜市场嫂嫂

堆积着每个家庭的幸福

还有那手持鲜花的大哥

请问你要将幸福送到哪里

成都

古老的城市

她将幸福沉淀在普通人的生活中

我站在这座城市的街头

感受这座城市的美丽

静静地看着她微笑

似一股清流的甘泉

清澈，纯净，安详，温暖

你好，早安，成都

北方向北

干燥的空气

时常掠过一阵细风

挠着你,痒着你

把姑娘的笑声

吹到你脸颊上

高高耸起的大白杨

使劲儿抖着"哗哗"的声响

把蜜水般的时光

晒在一地的绿荫下

让你感受北方的清爽

北方

一路向北

蓝蓝的天空

挂着高高的太阳

清澈的河水边

梳着大辫子的姑娘

手里拿的那本书

是我最喜欢的

她露出的微笑

是我不会忘记的

北方的北方

一直往北飞

春天起柳絮

秋天染黄叶

夏天鸣蝉翼

冬天飞白雪

北方
一路向北
不回头

流 浪

很想去流浪

一个人背着包

没有钱

没有伴

这样,我可以

忍饥挨饿

也可以随性而飞

只不过

你和我,无关

无关

你不必多想

不需要一分钱的付出

可以盖着丝绸被子

做一个美梦

不管梦中有无风花雪月

可惜

人为了一个人

可惜

人总是为了梦

问问你

你为了什么？

后海还是那个后海

隐隐约约的灯光

闪闪烁烁的人影里

在一片湖海涛声中

又看到那一片海

记忆里

曾经有一片海

没有那么多酒吧

和涌动的人群

一片片柳荫树成海

夏天是海,冬天是冰

扑腾撒欢儿,打着旋儿遛着海

你是我的伴，我是你的画

转过头亦是多少载

再看后海的后海

人亦人，物非物

指指门口的老槐树

树下的大石墩

嗨，还是哎

你在他乡还好吗？

再来看看后海吧

直道走到头

胡同口左手边第二个门洞

拌了黄瓜

切了萝卜丝

又温了二锅头

不够还有炸酱面

小马扎小方桌

爱喝不喝

兄弟,走一个

还能喝吗?

跨越星河

星河是一座独特的桥

我和你从南走到北

走到桥的那一边

会看到无数闪亮的星星

那么真实那么耀眼

捧着手心吹一口气

会发出绚烂的光芒

你的笑声

散发出光芒

照亮黑暗驱散忧愁

我会牵着你的手

一起慢慢走

看看伊斯坦丁堡

依恋的蓝色大海

聆听帕特农石柱

吹过的风声

隐身贝加尔湖白桦林

悄然倾听落叶的悄悄话

爬上科隆塔尖

吃羊角包冰激凌

看可笑的人世膜拜

登上阿尔卑斯山脉

领会世界之灵的静皑

潜入日内瓦湖

感受世界的不同色彩

我们还会大口喝啤酒

尝遍世界的美食

世界充满了我们的欢笑

我和你来过这个世界

有欢乐，有遗憾

走了一程又一程

你会慢慢地飞起来

一直往前飞

远方有诗有梦也有风

心中无梦

哪里都没有诗

若有梦,诗自来

若有花,蝶自飞

一片绿荫之外

高山和大海

如云峰顶

白鸥飞过的浪花

成排的椰树

如歌的诗

梦幻的歌

我们同行吧

看看路上的风景

诗是最好的情话

即使不浪漫

也会似微风

吹拂心中的雾霭

就一直这样飘呀飘

随着三毛的歌声

听着如歌诗一般的情话

一起远行

第四章 生活

生活小常识必备

买菜跟着大妈

品味跟着老爸

问路要问男士

喝酒跟着大叔

玩命跟着斗士

心跳跟着帅哥

扫货带着卡卡

购物跟着老婆

吃饭跟着夫妻

诉苦对着老朽

牢骚对着朋友

谈心得找淑女

工作得找快乐

休闲得找远行

发奋得不睡觉

觉醒得靠冥想

绝版生活模式

沉 沦

听朋友讲,住在医院旁边,晚上经常听到医院的救护车鸣笛声。是啊,这种声音我是再熟悉不过了。也许是一个生命就要结束,也许是新生即将来临,夜深人静的时候,再次听到熟悉的声音,犹如深沉夜晚中的丧钟。

呜啦呜啦,呜啦呜啦,
声音好像旧船坞的船锚。
咯吱咯吱,咯吱咯吱,
沉闷得好像屋外祖父烟斗的吧嗒声。
一闪一闪的灯光,
带走了闪烁的跳动。
黑暗里的滴滴声,

就像夜空绚丽湮灭的烟花。

呜啦呜啦，呜啦呜啦，

叫不醒沉睡的你。

咯吱咯吱，咯吱咯吱，

我走了，关上了门。

露台的蝴蝶兰幽幽地开放，

角落的蜘蛛在爬行。

可亲爱的你呀，我舍不得走，

不要坠入沉沦的夜空。

无论多么勇敢，无论多么悲伤，

我们分割在两边。

无论多么勇敢，无论多么悲伤，

我们永远永远不相见。

周末又要到了

一夜周行百丈纱

黑雾密布寸步行

难得深情篝火旁

一夜无话暗对眠

周缺月蚀难成规

却道真情难相忘

你若真真切切意

难判俗世云转飞

一缕幽魂存天地

悠悠荡荡天地成

不是世间红尘俗

自傲一竖留我意

来不及

今天是老爷子的头七，中国人讲究忠孝仁义礼智信，我远距9000公里不能回来，也只能叩头遥拜。老爷子夸过我有出息，是啊，现在是有出息了，漂洋过海了，可已两鬓斑白。最后时刻，老爷子也是卧榻多年疾病缠身，想来痛苦多快乐少，人生老病死苦不堪言，去了也是解脱……一辈子喜欢书画诗文，这一首，就当我为您送行吧。

长路尽头有灯火闪烁，
那是生命最后的时光。
我一路行一路跑，
可还是来不及。

来不及

来不及

人生有多少来不及。

幼儿园放学的我,望眼欲穿,你怕来不及。

小学校下课的我,站立街头,你怕来不及。

离家千里远行的我,你怕来不及。

可是今天我却来不及,

你没有告诉我,你要走,

虽然你我都知道,生老病死是生命最后的归宿,

可还是来不及。

我知道你有许多话要讲,

我想我们还可以一起牵着手慢慢讲,可还是来不及。

有多少悔恨,

有多少快乐,想对你讲,

可还是来不及。

人生有多少次相聚,

我怕错过下次相聚,

只要来得及,

总会再相聚。

只要来得及,

慢慢走,总会有尽头。

生活不过如此

2016年即将逝去，2017年许个愿吧？

生活究竟是什么样子？既不是想象的那么美好，也不是那么凄惨，但有些意外总是突如其来，美好总是瞬间戛然而止……，世上毕竟还是不如意的居多。人们往往记住了快乐，而忘却了不如意，快乐往往很短暂，伴随着我们的往往是漫长的痛苦。人类历史的进程，往往痛苦才是更大的助力器，但需要你我共同承受这漫漫痛苦的过程。

彩灯嘀转，繁华如锦

匆匆一别，转身怅如一瞥惊鸿

难分难舍，难掩惆怅和彷徨

泪花迷离了凝视的双眸

昏暗路灯下摇曳的投影

青春年少最是离家时，难见鬓发斑白返家影

片片雪花舞，片片灯影残

我掩去万世红尘，只是想回到从前

一杯茶，一昙花

仿佛有一首老歌在回响

仿佛有一句话还在耳边

都说承诺一生一世

啊，一生一世算不算一句承诺

掩上门，打开门

生活就是一杯茶

不喝了，就凉了

生活犹如一杯茶

人来了，就换茶

总会在睡梦中想起

遇到的那些事和偶遇的那些人

原来如此

这一刻

我笑了

原来你没有走,你一直在等我

昨夜成都天空灰暗,绵绵细雨

踢踏的鞋子,踩在青石板上

雨水弄湿了鞋子,黏湿湿的,心头不爽

拖曳的声音,渗透了人民南路华西坝

酱肉包子青菜稀饭清爽泡菜

今天和昨天的味道也就差那么一点点

你和我在聊天

是的,我们在聊天

夜晚的星星,点点闪耀

也许你在

也许你不在

我看到星辰在漫天飞舞

伴随那么多的人,那么多的事

有人说,星辰是永恒的

可我看到,星辰在变,它在走

我一眼就看出你的位置

星辰在变,你没有走

你在等我

好的,我来了

故事又有了延续

不要得意忘形

生活好似一杯水

有热有温,也有寒有冷

感受了热,生活有巅峰

感受了爱,到处是阳光

感受了温,处处含平淡

感受了暖,辛苦品甘甜

感受了寒,天涯难做舟

感受了冷,人生本如此

不要把成功,当作人生巅峰

须知巅峰之后有深渊

不要把虚伪,当作智慧粉饰

须知粉饰之后是无知

你如果能够坚强

何坚能摧?

你如果能够坚持

流血似火!

今天的气泡酒真好!

未 来

2058年4月21日

晴转雨

今天有雨,大风,打伞,缓行

门口风很大

路边的小二面馆没有开

邻居家的小儿郎上学又要迟到了

床头的拐杖不太好使

门口的毛师傅又得修一修

大风起兮

不论东南西北

2058年4月的春天

你在哪里

2018年4月21日

路边路灯有些昏暗

我看着偶然开过的车灯

等着一辆白色小车

她会载我离去

2058年4月21日

我还坐在这里

手里还有一瓶没有喝完的酒

听到流逝的声音

轰鸣阵阵的机车声,咆哮而过

黑暗机车手,短裙冷艳女孩

穿越冰冷的时光

犹如划过的一道光

给垂暮濒死的人敲响墓钟

星光垂挂星河

一头在黑幕

一头在天边

2058年4月

我在路边

看着星河

早已记不清2018年的某一天

2018让我忘掉而又让我记起

和弦响起来

心情开始荡漾

每天

平凡的生活

琐碎的话语

都沉淀在心里

清晨的微笑

清脆悦耳的言语

都是美好的时光

眷恋着色彩斑斓的对比

想象隐藏在你后面的每一个画面

不知不觉走过了365天

花开又花落

很难想象花的感觉

也很难想象叶子的眷恋

每天的注视

也换不回花开和花落

花开了,叶子枯萎了

再多的深情和表白

也换不回,回头一顾

夕阳西下,印在老人的脸上

是不是多年以后

我也和她一样

不认识你

也不认识她

或许还有见面的一天

不提从前

就让我们看看夕阳

新 春

把你的青春带走

写下你的遗憾

换取你的爱

人生太多遗憾

悔恨

红尘嚣嚣有个声音

呼喊着你

不要空虚埋怨

中年男人与儿童节

小时候我也有儿童节,但至于怎么过的,好像记忆模糊不清了。只记得放假可以去书店,所以记忆中我的儿童节基本上都在书店度过,好像从小到大都没有儿童游乐场的概念。我也不喜欢和其他小朋友一起玩弹珠,而是喜欢傻呆呆地坐在小板凳上读一本又一本的书。很小的时候喜欢一把小号,但自始至终也没有成为我儿童节的礼物。

但翻起冯唐的这本书,谈到中年男人,好恶心的中年,难道中年男人不能有一颗儿童的心吗?

每个人都应该有一颗纯真的儿童的心,那样你最起码很快乐,很容易与人相处,哭过打过之后,仍然可以是朋友。

当然,你得改造自己,每天出门前记得洗澡吹干头发，穿上好看的裤子，看看有无下垂的臀部，收收隆起的肚腩。

看，这个儿童很帅。

教师节话教师

如果我的学生

从来没有对这个世界说过不

我可能不是一个好老师

人生历程都是孤苦伶仃

恰似风吹雨打叶落无声

对你的老师说不

不,还是不

一万次的不

也许才能换来

一次的机遇和挑战

老师不能给你财富

不能给你幸福

只有一次一次的痛苦

才能让你看清蓝洞沉船湾中的海盗

只不过海盗们常换成谄媚的嘴脸

让你在哈尔施塔特盐井中迷醉

可怕的是

老师们也常假扮成宙斯

一会儿成妖魔鬼怪

一会儿成踩祥云飞的英雄

你要全神贯注

你要睁大眼睛

这个世界满是妖怪

且是化了妆的妖怪

所以，你看

你最好还是做一个聪明的学生

也许你会成为聪明的老师

如果还能教出几个聪明的学生

那你就称得上是一个好老师

可惜你离我而去

无论付出多少

也不能挽救你的灵魂

舍弃虚伪的现实

才能救赎世人

可世人沉默不语

寂静无声

教师节的教师和少年学生

偶遇中山医院的医学启蒙教育,身着白衣的医生,站在中山先生的塑像前,与稚嫩的幼儿及少年谈着浅深的医学,这个画面瞬间感动了我。

人生有很多的第一堂课,许许多多的老师教你识字、写作、算术……教你人生的道理,回想起来,哪个老师最值得怀念?

在人生的每个路口,每个人都有不同的答案。也许上过的课早已忘记,白发苍苍的老师,风华正茂的老师,许许多多,真的记不住他们所说的话,但到了需要自己做最后选择的时候才知道,老师们早就用刻刀将人生的哲理深深地刻进了我们的灵魂;才知道老师们将一面旗帜,永远插在了我们前进的道路上。再次看到幼稚的儿童,想象当年的自己。

衷心感谢每一位老师，是你们给了我警示，给了我终生不忘的教诲。

多想回到从前，若是能再听一次课，我想，我可能还是愿再做一次学生。再听听以前的那些话，也许会成为另一个更优秀的自己。

月亮和中秋节

其实月亮就是一个挂在太阳边上的大石头,白天127℃高温,比几个火炉加起来的温度还要高,晚上-183℃低温,比超低温-150℃还要低。

和国人说话的风格一贯一致,就是不知道月亮和中秋到底有什么关系,可能和月圆有关,但一定和潮汐与自转有关。

你说爱我

月亮代表你的心

我想是胡扯

月亮就是冰凉的大石头

你说明月几时有

千里共婵娟

我说嘿嘿

没有月亮

天黑之下

红娘才好传信

把一片情

写成一句我爱你

祝愿中秋快乐

吃螃蟹

吃螃蟹

螃蟹吃

八爪横行天下行

帅旗一舞风雷动

将军阵前身先死

死后才会听惊雷

跋净荣华富贵身

埋得净土一丘壑

讨得一钵人生苦

禅尽人间百事烦

人生犹如吃螃蟹

剥尽皮囊见如来

如来见我似如来

何苦人间如来见

再吃一盅人世酒

品鉴心中苦中苦

别了

再喝一杯酒

别了

别回头

别了

收起柔情义

我睡眼蒙眬

看不清你

也看不清一个我

小二

再上一杯酒

幸福和你无关

大米饭

大头菜

红辣椒

吃饭了吗?

日常的问候

平常的生活

为一块钱而忙碌

为一块钱而祈祷

罗汉寺前众生芸芸

哪知生活就是一碗餐

什么理想信念

该吃就吃,不吃就饿

两根筷子一个碗

说尽千秋

道尽百态

好不好

吃饱饭

冷不冷

穿棉衣

苦不苦

心自知

洗碗收碟入梦来

梦中才忆百万兵

流过的眼泪

天没有亮

又要起床

想象今天的功课

烦心的老师和糟糕的实验

窗外的色彩犹如

儿时的万花筒，色彩斑斓

现在的生活犹如斑点狗

我曾为理想而努力

也曾为爱情而哭泣

再回头看看

一个你

一个我

你也不美

我也不帅

想想看

眼泪到底为谁而流

真的没有什么好不好?

看到你朋友圈那么多的帖子

我好想挨近你的消费

我也好想贴近你的生活

你1,2,3

4,5,6

变幻思想

变幻文字

真的,我不知道你是谁

我不知道你是谁

你像一条泥鳅

像一条变色龙

变幻莫测

从来没有问过

我是否能看穿你

1，2，3

你会发不同的观点和信息

4，5，6

你又发布不同的信息

我懒得看你的朋友圈

看你的信息

让我绞尽脑汁

最好的朋友

莫过于关心

最知心的朋友

莫过于有酒有肉

过往的车辆

和过往的朋友、过往的烟云

删了吧

朋友圈和微博

其实你对我

并不那么重要

车水和马龙

如果你有时间

我们可以

喝一壶茶

饮一杯酒

如果我有时间

唱一首歌

吟一首诗

放声歌唱和大声朗诵

我们都习惯了一种生活

我要让你

放弃所有

随我

看天，也看地

什么是伤害?

你看这个帅哥

大汗淋漓

练肌肉

塑形体

还劈吊

其实他也挺难的

我知道你也挺难的

你看他

臀部肌肉下不去

腰部赘肉一大圈

转着圈圈儿不散

你看你

睡眼蒙眬睁不开

手机外卖囫囵吞

成天低头哈戳戳

如果这个世界

谁最好

谁对自己最狠

我想

他对自己最好

这个世界上

其实谁也没有义务

对谁好

也没有权利要求

对谁好

苦难是一直望不到头的

如果对自己狠一些

我想

再难，也难不过

折磨自己

我是一个山大王

敲锣打鼓来巡山

一脚踢翻西边熊

一掌打扁东北虎

咿呀嗨呀

吃口桃

喝口酒

老子就是和自己过不去

咿呀嗨呀

嗨，嗨，嗨

看遍桃花心痒痒

教师话教师

9月10日,好特别

我其实一点儿也不喜欢老师

不管是我的老师

还是教过我的老师

这一点

和大家不一样

你也别见怪

作为老师

没有那么高尚

也没有那么特别

我觉得老师大多数都很迂腐

不了解时代

不了解时尚

说着过时的话

可是当我成为老师

我得容忍

他们犯的错误

非常低级非常荒唐

恨不得提起拳头

猛揍一顿

但我是老师

我看着我心爱的学生

一步步犯错

一步步颤抖

无可挽回

嗨,老师也是这样

只不过我掉进深渊后

找到了路径

爬出了沼泽

从师之路

哪有那么简单

没有掉进陷阱

经过泥沼

哪有什么艳阳天

教师话教师

人生路上

给你知识的是老师

给你智慧的是老师

给你力量的也是老师

你和我更应该是个好学生

只有吸收老师的教诲

避开人生路中的每一个漩涡

才是好学生

谁能做到？

人生路漫漫

你得用心体会每一位老师的教诲

在转弯的路上

他在等着你

举着灯

披着衣

看着你

老师,我来了

我们一起走吧

看看朝霞

映着老师们的身影

多么美好

多么绚丽

与日月相连,渗透到我的心里

教师节快乐

鸡毛掸子

行色匆匆

早起的人们

挂着漠然的神情

有的人一脸茫然

有的人还沉醉于昨日的游戏

有的人宿醉未醒

有的人为今天的生活而茫然

鸡毛掸子

鸡毛掸子

几十根鸡毛

扎成一朵花

可惜花也不是花

人也非人

今天你是花

明天我是花

若想再看花

已是彼岸两世花

我真的有点儿烦

你们大人真的有点儿烦

你们喜欢把你们的破事

当成天下大事

开了多少会

做了多少报告

发了多少破论文

就是没说

能换成多少根棒棒糖

分分秒秒的破事

恨不得都关注

你们成年人的破事

真是破事

怪不得你们睡觉少

吃饭少喝酒多

谈情说爱少

还说三胎四胎

说真的

你们的世界一点儿都不可爱

成天活在虚拟现实的矛盾世界里

你千万不要造我

我也不愿意到你

那个世界

乱七八糟乌里八糟

是非颠倒黑白不分

我就是一个喜欢

唱唱歌

跳跳舞

喜欢穿好看的花衣服的孩子

当然还有爱我的

爸比妈咪

外公外婆

再说一句

我不喜欢

你们吵吵闹闹的世界

请你们走开

我太烦你们了

囚徒之2022

　　学尽技艺,读遍天下之书,走遍万里时空,仍难解心中之问。

什么都不一样

看见的,听见的

犹如一片烟和云

小时候

幻想着像神仙

在云朵里穿行

握着剑掐着诀

实现一切梦想

现在看来

没什么神仙

也只是虚伪的气体

勾画的色彩

那个骑着白马

挺着银枪的少年

云散了，画也就没了

苦着苦着

也就没觉得苦了

流着流着

眼泪也就流干了

手上的皱纹有多深

吃过的苦就有多难

希望还是能站着

别倒下

走着走着

2022也就来了

祝愿大家安好

无奈的生活

你告诫我

努力学习

我也是头悬梁锥刺股

可是,看看你的生活

和我的将来

我觉得

生活真的不美好

你说,你们要积累财富

传承给我们

不需要房贷

一人几套房

生活不需要努力

唾手可得

可现在

怎么看

都没什么乐趣

你背的房贷

需要我来还

菜场的菜价

明天不一样

就连请女朋友吃顿饭

都要东城西城比较一下

比较完也不一定有预支的本钱

都说一代比一代强

我也说

你们能不能不要留给我一个

烂摊子

我不想负债

也不想欠钱

就想轻轻松松

踏踏实实工作

看看晚上的夜景

喝两块钱的啤酒

吃一块钱的西瓜

也希望卖西瓜的老哥老姐们

能开心地笑

一切都没有你说的那么好

真的很无奈

看看城市的夜景

我的希望湮灭在黑暗里

水在流

夜灯晃

我的身影穿梭在琉璃片瓦中

一个城市的温暖

在于夜市的灯火阑珊

一个城市的人情在于市井气息

对于一个城市的热爱

在于你我的错肩而过

你好，晚安

第五章 热爱

早安，晚安

千里寻她，万里迢迢

都说但愿人长久，千里共婵娟

光阴荏苒如梭，穿透时光通道

再过一百年，2117年的站台，也看不到原来的你

身体早已腐朽随风而散，灵魂也不聚合

有人问起：灵魂伴侣？

加勒比海盗船，日月反转，时光倒流

迦蓝超度亡灵坠落？

活着的和死了的，永不在一个维度相存

所以，散了吧

散了今生一生一世

也不想来生来世

只想攥紧你的手

在这里

一杯茶

一口粥

日出有你

日落有你

你好，我好

道一声早安

道一声晚安

时光飞逝，我们都有一张单程车票

我想你了

你看

我想你了

不管你想不想我

想你

也许能嗅到

一股风的味道

若隐若现,围着我

飘过来,又散了去

好像化成缠绕手指的一缕烟

我把画面都刻在脑海

无奈脑海里没有永恒

我想把一切都留住

可无奈清晨里没有一个你

骑着单车

梦想环游世界

环游世界

没有单车

也没有你

无论夕阳多么美好

只落下一个斜落的身影

单车远行

一个美丽的谎言

年少轻狂，谎言也很美丽

远行孤单

只有你

把它当成谎言

轻拂我的心

风吹过,拂过我的脸颊

好像你荡漾我的身旁

微微地欢笑着

轻轻地撩拨我的心

如果雨飘过,打湿我的脸颊

就好像淋湿了我的衣裳

晚风吹动

夜雨滴过

你就像风

你就像雨

悄然兴起

悄然滴落

了无痕迹

无 题

可不可以换一种方式

真情流露,直面坦白

也许的也许

都会懂得

互相拥有的只有短短的

那么几天

平淡不平凡

你的爱,存在心里

永远都会记住

不会遗忘

有一种回忆

凝结在心底

有一种情谊

不能忘记

你我容颜已改

你我情谊难舍

光影的变幻

不忘你的容颜

不忘我的青春

把你的青春

融入醇酿

把我的笑容

刻在瞬间

一歌一曲

唱不去的青春

唱不去对你的思念

让青春的岁月

刻在永久的思念中

寻找逝去的灵魂

以为你是你,我是我

以为我是你,你是我

相信灵魂,相信不灭的情感

百年,千年,一世……

相遇,相爱,离别……

灵魂,人的生命标志

岁月变迁,星云变幻

都活在青春最美好的时光里

生命中的每分每秒

相遇,相聚

即使分手离别

即使生命离去

仍然会刻上灵魂的痕迹

相信美好未来

但未来如何预料

没有舍弃生命的勇气

哪有光明之路

软弱,哭泣,失败……

伴随你我一生

上帝会放过谁

一生所愿

黑暗降至

灵魂飘散

请让我找到你

分手和永别

挥手不是分别

只是想忘记谁

摆摆手

摇摇头

你都忘了吧

忘了我的温柔

忘了我的柔情

忘了我的模样

酒醉眼蒙眬

人醒愁难断

一路行

一路走

我要你

记得花开的时候

我们都风华正茂

来吧

我们一起看黄浦江

灯火阑珊

看尽世间繁华

人群中,还是你最美

棋 盘

中学时代自制的围棋棋盘,承载了三十多年的"历史古迹",依然在我的身边。是隔壁雨林亲手做的,李大娘刷的清漆,斑驳的十字线是我亲手用墨线弹上去的,亲手制作的人都已老去,而棋盘依旧如新……

看着棋盘

沉默不语

棋子不在

硝烟仍然回响

黑白相间

永远不会黑

也永远不会白

纠缠不休

至死不爱

喜欢黑白世界

界限分明

因为在个性品质上

从来没有是非不分

真是真，假是假

哪有真是假，假是真

你看，黑就是黑

白，变不成黑

黑，也变不成白

也许棋盘里的世界

从来就是虚幻的世界

玄妙的梦境

多少次，沉浸在没有烟花的夜晚里

多少回，陷落在无声的厮杀梦呓中

爱你，无论你是黑还是白

恨你，无论你是死还是活

$19 \times 19 = 361$

分不清是真实的世界

还是虚幻的世界

也许这个世界本就虚幻

投影在方寸世界里

你是棋，我是人

我在里，你在外

人非圣贤

四通八达，纵横交错

看看棋盘

真不知，何为真实的世界

死，还是活着

活，还是死了

虚幻是真实的反面

翻开真实

总是虚幻

愿你真实地存在

冬之恋

2019年的今天

我们相遇

你遇到了我

我看见了你

很难说是什么样的感觉

一个转身

我看见了你

匆匆一瞥

茫茫人海中

你的目光凝聚了我

不知道这种陪伴会有多久

我的心会陪伴着你

开心如你

幸福如你

愿你的笑容像暖阳

抵御世上的严寒

愿你的眼神永远纯真

如清澈的湖水融化深冬的冰层

愿你的欢笑像阳光

拂去俗世的苦难

以后的以后

我们都约定

陪伴彼此至生命的终点

永远！永远

看风起云落

风吹向你

云飞向你

天地变幻莫测

叠嶂的云层是你的家

飞旋的风声是你的笑声

我来了

飞奔向你

跳着炫彩的舞步

跨着七彩的云朵

向你飞来

云朵是我的骏马

白沙是你的发丝

天地为舞

以舞当歌

起舞吧

我的新娘

第六章 奋进

决战前夕

战鼓已擂响,甲胄已披挂

旗帜在飘扬,冲锋已集结

重庆,谁与我争锋!

火焰如此热烈,那是你我的青春在燃烧

星空如此灿烂,那是你我共同在迸发

荆棘丛生,我们奋勇直前

关山漫漫,我们笑谈人生

冰河征途,我们携手共舞

巅峰之上,你我开怀畅饮

重庆,谁与我争锋!

曾几何时,蹉跎挣扎

夜路凄凉,孤独前行

长风啸杀,彻夜不眠

夜晚篝火,食不果腹

满腹情思,难诉衷肠

数十经纶,难以壮志

今天,火在燃烧,血在沸腾

谁言凌云志,岂可候他人

我辈英雄出,自无故来人

重庆,谁与我争锋!

重庆,谁与我争锋!

重庆,谁与我争锋!

鹰在飞翔

它在学我吗？我要飞越山巅。

鹰在飞翔，从来俯视苍生。

如果学会飞翔，永远会飞得最高。

即使折断翅膀，也有自由翱翔天空的心。

黄河岸边忆黄河

黄河岸边忆黄河

数千年

滔滔流水生生不息

湍流急促不回首

登白塔,看黄河

尽忆千秋万代事

曾何许,一座白塔藏佳人

曾何日,机关算尽落尘埃

眺望远方看白塔

你我似曾相识

奈何一骑绝尘伤离别

伤离别,见时难

白塔前面燃烛烟

烟尘飘散碑林前

化作千诗百万篇

再看黄河浪涛起

恰似儿时少年梦

一如既往年少时

再看白塔似白塔

再看黄河如黄河

台阶数级叩人生

台阶上下可有人

回头再看烧香客

人生数载可轮回

舍去这身臭皮囊

你我再喝黄河水

乘风破浪一世游

再忆少年梦

年衰时节忆少年

谁人没有少年梦

少年梦,轻狂妄

一笔一画写人生

画铮骨,钩人心

一钩一弯杀气显

谁言少年脚步轻

哪知已跨万重山

再回到白塔,再回望中山桥:才知今日步履轻盈,可知当年攀登之辛。每当周末同学约起攀登白塔,时有抱怨。今日再看白塔,六百年的白塔,可听见你我声音回荡?盈盈小路曲折蜿蜒,黄土尘埃一地鸡毛。想想当年誓言，莞尔一笑。当年的我，许下的诺言，我做到了，你在哪里？滔滔黄河水，悠悠万古情。我在白塔前，看白塔，看黄河，看中山桥。

待你化作祥云

给我一丝清凉

请让我死得其所

我羡慕英雄

披着铠甲持着长剑

杀向长矛林立的敌阵

流血,刺穿

为了英雄的名誉

没有退缩

在寒冬袭来的时候

我希望你在我的身边

我们能一起抵御寒流

不言退

不怕死

不要收拾我的行囊

也不要顾及我的所有

我本是一无所有的人

我多想成为一个英雄

顶天立地

救民于火,披着七彩云朵

披荆斩棘

我不是炮灰

不像你们说的那样,义无反顾勇往直前

我也有妻儿,也有父母,只想有尊严地平稳生活

可是生活,一次一次破灭我的想象

以无数的代价换取无耻的谎言

请你们收回你们无谓的承诺

我要走了

披挂上阵

九死一生

有去无回

我只希望

让我死得其所

让我能合上双眼

无悔人世间

如果死能救赎

我愿死得其所

我是英雄

你们胜利欢庆的时候

请记住我是英雄

把最明艳的鲜花

插在我的墓碑前

不要让谎言

冲昏你的头脑

也不要让

甜蜜来鼓动

忘乎所以

我就是我

我有生命

也有妻儿

也有父母

牺牲是我

冲锋在前

谁言英雄志

我来摆渡你

恳求大家

默默地为英雄送行吧

他们义无反顾

他们一去无回

如果来年那些人

那些谴责他们的人

能低头向着英雄致敬

世界也就完成了救赎

灾难面前

不要苛责每一个人

因为每一个人都是英雄

只不过

见多了

血腥画面

我不想做英雄!

剥掉你们的谎言

插上胜利的旗帜

祈祷吧

我披挂上阵

即使我不回来

也请你好好活着

我不如所愿

我不如后随

如你所愿

我是英雄

多么平凡

多么无奇

只是瞬间

我是英雄

征战的武器

每一把拍子

都藏着一个故事

刻画着一圈圈年轮

生活拮据时候的陪伴

价格便宜好用

使得上劲

好拍子

可惜没打几回

多年征战

身心疲惫

生锈的身体

咯吱咯吱地响

跳不高了

跑不动了

教练说

再练练你还是可以

但愿再能披挂

廉颇可否矣?

祝你永远快乐幸福

我从来没有见过

如此透彻的眼神

她像深湛的湖水

幽暗深沉

不断吸引着我

向她靠近

我好奇地观察着她

行走，吃饭，唱歌，跳舞

我觉得她是一个天使

有美丽的灵魂

又有世间的凡俗

喜欢她的身影

让我不由自主地爱上她

喜欢她的舞蹈

更喜欢她每天每夜的

奇奇怪怪

天上的星星亮晶晶

一闪一闪笑嘻嘻

我是一座飞船

带你去宇宙遨游

看看那些故事里

奇怪的星星和月亮

也去看看扫尾巴星

我是一个夜大郎

抓来萤火虫

放在你眼前

看它们翩翩起舞

我是一个小神仙

你想要的

我都帮你实现

我做你的好朋友

好不好?

一切都从新人开始

我们迂腐地展示

所有过时的东西

无论是图片感受还是语言文字

只有遇到新人的时候

才是一念的开始

新人会孕育新的生命

会破除一切众生和障碍

呼风唤雨摇曳生姿

不管讨厌也好喜欢也好

她就那样无视一切

我陪伴你七年

你也成长了七年

以后的以后

需要自己前行

现在是两个人

好过一个人

总有一个人在你身后

遮风也挡雨

我爱你并不是因为你是谁

而是我喜欢你在我身旁的感觉

喜欢一个人

一辈子也喜欢

不太容易

只是有许多人随口而说

一辈子喜欢一个人

陪她看潮起潮落

风卷云舒

酸甜苦辣油盐酱醋

尿布奶娃哭闹瞌睡不醒

相信做得到

但谁心甘情愿

一辈子都"爱你,喜欢和你在一起"

也许一起都是开始

期望与新人

能有开疆辟地的愿望

越走越远,越走越高

囚 徒

脚下坚硬的石块

真以为是沙砾岩化的星球

触摸到的不是金刚石就是宝石

可实际上就是荒漠里干枯的骆驼屎

多少人向往飞出地球

住在彗星光芒扫过的帐篷

无数星星在飞升

斗转星移，藐视可怜的地球

和那个住在蓝色球体里自视幸福的人们

可骆驼屎就是骆驼屎

它只能变成牧羊人烧起的火堆里的一块

夜幕下散发恶臭

但却是吸引人靠近的唯一温暖

当你决心离开

这块腐臭恶心的骆驼屎

明天太阳升起的时候

你将变成荒漠里的干枯白骨

分不清是沙砾或是骆驼屎

夜晚，天上的星星真美

散布在星际

似乎在与你对话

你是谁，来自哪里

你又是谁，要到哪里

悠扬的巴拉玛琴飘在雾海中

有美丽的姑娘

和恋人在起舞

令人回味的甜茶

香甜的奶酪

随着琴声飘到远方的家

可是这恶臭腐烂的气味

犹如石块垫成的路

唯一能做的

就是踩上去

往前走

终归能走出沙漠

既是一堆堆白骨

也能堆成一条条路

如果风折断了翅膀

全世界的残障人士,大多数因为战争、意外事故、车祸、先天性疾病等导致残障。我曾经在各个国家的角落遇到过快乐的残障朋友,他们快乐地旅游和生活,每次大型露天音乐会结束后,大家都在静静等待,就是为了礼让这些残障朋友们。

偶遇了一位朋友,乐观开朗,备战奥运尽管没有入选,但自我独立的生活仍赢得尊重。

风折断了一只翅膀
天空有雷电
我却要努力飞翔
不能停止扇动翅膀

即使一秒的停顿

也会跌落到黑暗世界

不会有人救你

即使妈妈

也不能救回她的儿子

我只有拼命地扇动翅膀

拼命地往上飞

穿越雷鸣般的闪电

迎着狂风大雨

像利剑一样

穿透冰冷黑暗的云层

云层里既有暗藏杀机的冰雹

也有透过的温暖阳光

一次次地被吹落

一次次地飞啊飞

像一只跌落的山鹰

我要飞到妈妈的身边

飞到她，温暖的怀抱

我要飞到温暖的家

无论多么遥远,多么坎坷

只要飞上云层

一定会有温暖的阳光

我只有飞

一口气也不歇

飞,一直飞

即使再折断另一只翅膀

我也要撞响命运的钟声